赣江物语

万建平 著

黑龙江美术出版社

图书在版编目（ＣＩＰ）数据

赣江物语 / 万建平著. -- 哈尔滨：黑龙江美术出
版社, 2018.9
　　ISBN 978-7-5593-4039-9

　　Ⅰ. ①赣… Ⅱ. ①万… Ⅲ. ①抒情诗－诗集－中国－
当代 Ⅳ. ①I227.2

中国版本图书馆 CIP 数据核字(2018)第 193133 号

书　　名：赣江物语

作　　者：万建平
责任编辑：裴　丽
装帧设计：丁　瑞
出版发行：黑龙江美术出版社
地　　址：哈尔滨市道里区安定街 225 号
邮　　编：150016
发行电话：（0451）84270514
网　　址：WWW.HLJMSCBS.COM
经　　销：全国新华书店
印　　刷：廊坊市海涛印刷有限公司
开　　本：880mm×1230mm　1/32
印　　张：4
版　　次：2018 年 9 月第 1 版
印　　次：2022 年 8 月第 3 次印刷
书　　号：ISBN 978-7-5593-4039-9
定　　价：38.00 元

情感的多样性：有关赣江的深度描写

（代序）

刘晓彬/文

欣闻建平兄终于要出版一部诗集，真心为他感到高兴。

对于酷爱诗歌创作，特别是写了一辈子的诗人来说，能正式出版一部属于自己的诗集，是每一位诗人一直以来的愿望。尽管多年前建平兄自印了一部诗集《在俗世中沦落》，但毕竟不是公开出版物。而诗集《赣江物语》正式出版，则了却了建平兄多年以来的心愿。

今天，受建平兄的委托，让我为他的这部"中年得子"的处子诗集写几句，打心底感到荣幸。因为就算他没叫我写，等到他的诗集正式出版之后，作为好友，我也会专门写一篇读评文章聊表支持。

（一）

与建平兄生活在同一个城市，其实真正认识的时间并不长，不会超过十年。我们的相识，很自然也是因诗结缘。尽管有一种相见恨晚的感觉，但在这短短的十年时间里，我们从相识到相知，一路走过来都非常愉快。

因此，我就在想，由我来提起笔写写他这个人以及他的诗歌创作，有着得天独厚的便利条件：

一是我与建平兄曾在 2015 年底利用业余时间一起组建了中国作家协会主管的中国诗歌网江西频道义工管理团队，两年的合作共事过程中从未出现因沟通不畅而产生的误解或不愉快；二是我与建平兄有着同样的文学艺术爱好以及相似的工作环境等，使得我们有很多共同语言，诸事都能谈得来。尽管他比我年长一些，但我们平时的交流都很和谐，对一些事情的处理也很有默契，而且有时与他互相胡侃也不会红脸；三是他身边交往的朋友基本上也都和我谈得来，也成为了我认可的朋友；四是我热衷于文学评论，工作之余的空闲时间主要从事诗歌研究，他创作的大部分诗歌作品我基本上都认真品读过，所以有很多话要说。

基于以上四点，没有理由不让我提起笔来写一写就生活在我们身边的这位优秀诗人，而且这样更接地气。

说起建平兄，首先我想说的是，他不仅是一位"大好人"，而且是一位"优秀诗人"。如今这年头，"大好人"和"优秀"这些概念，应该有以下几种理解：一是你的淳朴、二是你的诚实、三是你的善良、四是你的正直、五是你的热情、六是你的豪爽、最后一点是你的才华。这七点，建平兄应该基本具备。但为什么我把才华放最后呢？因为我注重的是德才兼备，德必须先于才。德是主要的，才是次要的，就算你是有德无才之人，但你这个人绝对不会去危害这个社会，一定是"大好人"；如果你是无德之人，就算是你拥有了横溢的才华，对这个社会来说只能是害群之马。我常说，德才兼备是优秀，有德无才是好人，无德无才不可怕，无德有才最可怕。

说建平兄有"德"。

在我的人生阅历的词典里，家庭出身是农村的，大部分人的身上都刻有"淳朴""诚实""善良"等词；而在部队大熔炉的锤炼中走出来的人，他们的身上基本都刻有"正直""热情""豪爽"等词。建平兄出身于农家，是从部队中成长起来的，因此这些品德在他身上均得到了体现。他的人生观、价值观以及他的责任感等，不仅践行在平时的日常生活中，更融入到他喜爱的诗词歌赋的创作中。

远的不说，就说近期他所做的一件爱心之事。2018 年 5 月 14 日，诗人卢炜 32 岁的儿子突遭不幸，因脑中风住进了海南省第三人民医院。本来就经济状况不济的家庭顿时陷入困境，建平兄获悉之后，不仅从微薄的收入中捐赠了自己的爱心，金额也不少，而且在第一时间伸出援助之手向社会发起了爱心募捐活动等。爱心不分大小或者多少，只要你是用心在做，就值得我们去尊重！

说建平兄有"才"。

记得建平兄第一次进入我的视野并让我真正关注的不是他创作的诗歌，而是他创作的歌词，因为写诗歌的太多，如果不是特别突出的不容易被记住，相对来说写歌词的比较少，容易被关注。再加上我又是学音乐创作毕业的，对一些歌词作品会特别去关注一下，读这些歌词作品不会像读诗歌作品那样走马观花浏览一下就过去了，会静下心来去品读。如果歌词已经谱上曲子，会边品读歌词边哼唱曲谱的旋律，于是很自然也会去关注歌词的创作者。最初读到建平兄的歌词是 2007 年 10 月 24 日，他那天贴了两首红色歌词在自己的博客里，我是从诗人程维的博客进入建平兄博客的，那时他是诗人程维的粉丝，会经常去浏览程维的博客，那里留有他去过的足迹。后来发现，建平兄的歌词被谱上了曲子，比如《鄱阳湖之歌》这首作品，于是再一次加深了我对他的印象，但还没有真正去关注他的诗歌创作。真正关注他的诗歌创作，是 2012 年我开始着手编选南昌年度诗歌精选，正好他有诗歌来稿。因此，从这年起，不断关注他的诗歌创作，反而没有再去刻意去关注他的歌词创作。第一次对来稿进行精选时是他的诗作中的"意境美"吸引了我，比如《军山湖书院遗址》这首作品：

吹去岁月喧嚣的积尘

我看到了自己清瘦的前身

在这座荒废的书院　定格于青灯黄卷

一副读书人穷通寒窗的剪影

依旧饱含对未来的深刻启示　与人格的清奇
一句句之乎者也对湖畔声声水鸟啼鸣
貌似军山湖的周岸　被方言覆盖的国土与水系
倾倒母语的诗经和楚辞

推开军山湖渺渺的烟波
我看到一部线装古书被波浪托起
日月的手指蘸水翻阅　涛声哗哗卷走浮念
湖水洗尽铅华　洗淡书中夹带的屈辱与辛酸
氤氲的墨香缓缓向湖底沉积　远去的书声腐殖为泥
侍奉满湖的芦苇在宋词中白了少年头
和汀州水岸不枝不蔓中通外直的清荷
出淤泥而不染的书生习气

湖水如墨涨满我的笔管
我已不能用文字复原你当年的盛景

　　这首诗歌作品的意境很优美，而且是古典的美。"书院""青灯黄卷""寒窗""剪影""水鸟啼鸣""诗经""楚辞""烟波""线装古书""铅华""墨香""芦苇""宋词""清荷"等意象清新自然、色彩鲜明、相衬相映，诗人的古典情怀全部蕴藏在诗歌作品中。当然，建平兄当时投过来的另外几首作品诸如《文港，请给我一支如椽大笔》《投石》

《你不知道我有多想把这个声音抓住》《我不需要借助眼睛看这个世界》等诗的意境也同样很优美。

建平兄的这几首作品，通过鲜明的形象和意境以及清词丽句的表达，使诗作中的情感与场景结合得比较完美，相对来说也比较融洽，基本上达到了我们常说的"情景交融的境界"。而且这几首诗歌赋予的情感也非常清晰。另外，值得一提的是，诗歌作品中那些稳定的具象，对作品赋予的情感也给予了率真而富于流动感的表现。

（二）

建平兄的经历非常丰富，当过兵，种过田，打过工，现供职于某乡镇从事文化工作，并兼职负责该乡镇下辖的某社区的管理工作。尽管现在他工作和生活的乡镇已经城市化了，到处"都是钢筋铁骨和水泥，以及飞速流动的令人眼花缭乱的血液"，但他一直没忘记刻在自己身上的两个字："农民"。因此，"农民诗人"这个标签在他身上被诗友贴了很长一段时间。于是，我又想起我的父辈们，想起那一片只有庄稼在拔节的平静的田野。因为父辈们的那个年代，该乡镇还不是真正意义上的城区，那片平静的田野和父辈们的茅草棚，是该乡镇最初的轮廓……在城市嘈杂的喧嚣声中，我发现成群的高楼涨得绯红，一阵骨节的错响后，该乡镇又长大了一截。

我不知道建平兄是从什么时候开始写诗的，但我知道他自从爱上写诗之后，取得了不错的创作成果，得到了普遍的赞誉，他先后在《诗刊》《词刊》《星星》《江西日报》《创作评谭》《时代文学》等刊发表了大量的诗、词作品，曾获首届"林恩杯"全国诗歌大赛一等奖、第二十五届"东丽杯"全国鲁黎诗歌奖三等奖、中国（抚州）首届"清风苑杯"廉政诗歌散文大奖赛二等奖、首届"艾慈诗歌奖"一等奖等。这些荣誉的取得，对他来说，既是一种肯定，更是一种鞭策和鼓励。

在他获奖的诗作中，特别让我记忆犹新的是，他在 2013 年 5 月由江西省作家协会主办、江西林恩茶业有限公司协办的首届江西"林恩杯"茶言茶语全国诗词大赛中，组诗《一枚茶叶的宗教》拔得头筹，荣获一等奖。建平兄在这组诗歌创作中以"一枚茶叶的宗教"情怀抒发自己的思绪，"紫砂茶壶"积淀给他的，在心中不断发酵，最终酿泡出杯杯醇厚茶香，于是就沉浸在品茗中，醉了生活，也醉了诗人与读者。现实生活中，诗人不相信宗教，但却抱守内心的一种宗教情怀，兼蓄包容，这样心灵也就在品茗中得到解放：

取一杯清茶沐浴身心，然后

在蒲团上闭目打坐，对曾经的苦难与快乐

视而不见；茶壶提着 100 度的虚无

站在我的身后诵经不绝，我充耳不闻

一缕潺潺清香正引导我向一枚茶叶度化

在一枚茶叶蕴含的美好品质里，我看见自己

抱守自然的宗教，在天地的唇齿间留香

        ——《一枚茶叶的宗教》节选

壶身的肌肤，有爱不释手的细腻

壶中的浩荡，有目不可测的寓意

在你流畅的线条上酣睡一千年

像那只朝阳的丹凤，独享你的灵气

在你优雅的外表上抚摸一万遍

像那句丰腴的唐诗，陶醉于你的完美

千载难逢的机遇我只求一次

一次就是一生的佳茗

一生品淡一壶风雨

        ——《紫砂茶壶》节选

    这是一种开阔的胸襟。建平兄在这组诗歌作品中抒发着一种深情，一种思考，一种包容。

    品读这样的诗歌作品，会被里面一种酣畅的完美所打动，意蕴无穷。建平兄在作品中把打动了自己的东西，传递给了读者，所以就深深打动了读者。一枚茶叶唤起他的创作欲望，是这组诗歌最主要的主题，他在作品中构建了自己的精神归宿，在品茗的过程中安抚浮躁而骚动的心，使我们阅读的灵魂归于安静，也归于美好。

（三）

通过这些年以来对建平兄诗歌创作的关注，根据他的诗歌创作不断进步以及风格的不断变化，我想以 2010 年为界限，给他的诗歌创作划分两个不同阶段。当然，以 2010 年为界限这只是相对来说的，不是绝对的。

对于 2010 年以前的诗歌创作，建平兄自印了一部诗集《在俗世中沦落》进行了一个全面的总结，精选了他自学习诗歌创作以来满意的作品 172 首（组），应该可以代表他前一阶段的创作成果。这些诗歌作品给我的整体印象是，从作品的形式上看，多短句，多断句，以空格代替标点符号，分节比较多，略显含蓄的简练中又不时夹杂着松散浅露是他这一阶段诗歌创作的一大特色。这一时期的诗歌创作有两点值得注意：一是建平兄因个人经历等方面的原因，一直认为在自己的骨髓里，有一种孤独与生俱来。他说："我的快乐是表层的，呈现在您面前的是我内心旷古的忧伤。"同时他又强调："跟身边许多人一样，在这之前，我也没有想到自己会成为一个诗人，毫无理由我就以诗人的身份颠覆了存在于这个世界上固有的习惯性思维定式，这就说明在我们的生活中还存在着诸多人们意想不到的可能。"因此，他以孤独的心态用诗歌的形式来审视这个世界，让自己"对事物的不确定认识与解读"进入"极大的想象空间"，进而抒写成"想象给我带来的激动与快感"的优美诗篇。二是建平兄是一个比较注重"身份"的诗人，虽然大家给他打上了"农民诗人"的称号，但他总是谦虚地认为这个称号让自己"感到汗颜又愧对殷殷后土"。从这里我们可以看出他"我是一个土地和乡村的叛逆者，十多年来，这已成了我内心五味杂陈的暗伤"以及"常常借助想象的翅膀游离于现实与当下"的心理变化，也反映出现实生活的不断变化。

进入新世纪10年代以后的诗歌创作，从作品的形式上看，句式变化比较大，大都长句，空格多用标点，分节比较少；从作品的内容上看，成熟度又进了一步，大部分诗作历史感比较厚重，思绪以及笔墨的角度放得比较开，能比较娴熟地把握好时空交错这两者之间的灵魂交融。应该说，有些表现重大题材的诗歌创作视野还是比较开阔的，有一定的气场。当然，也有一部分诗歌的创作虽然因题材的原因可能格局稍小了些，但作品却显得情真意切，清新自然，在诗意和诗艺上要比较耐读一些。比如《赣江物语》这部诗集收录的作品，就是他近几年来创作的众多诗作中比较具有代表性的一部分，此次正式出版是对他这一主要题材的创作成果的总结和展示。当然，对这部诗集，我们不能以过去那种简单的理解或者狭隘的观念去进行审美，应该以欣赏自然美的情致进入他的视野以及心灵世界。可以看得出，建平兄的诗歌观念是跟随着时代的步伐在不断变化和进步的。

水，万物之源，大自然之灵。源远流长的中华文明，从它一诞生，就受到它的洗礼，并且在它的发展过程中，不断地受到水之清丽的滋润。"莽莽苍苍的神州大地，纵横着无数的江河湖泊，养育了华夏民族，也灌溉了文学之花。从古到今，水滋养了中国文化，并浇灌出芬芳远播的一苑奇葩。"也许是因为经历的缘故，建平兄从小就生活在赣江边，这样的背景也坚定了他在《赣江物语》这部诗集中以赣江为母题的认同感。他对这些与赣江有关的具象的意象和抽象的意象的深度描写，有着自己独特的理解和深入灵魂的透彻，抒写时率直而真诚，无矫揉造作之态。

（四）

印度著名诗人泰戈尔有句名言："爱就是充实了的生命，正如盛满了酒的酒杯。"通过阅读《赣江物语》这部诗集，我们可以看到一个充满挚爱的心灵世界。这些诗作视角的开阔，从字里行间透溢出了建平兄内在情感的丰富和充实。正如罗曼·罗兰所说："爱是生命的火焰，没有它，一切变成黑夜。"

而且，在建平兄这些情感丰富的诗歌作品里，所表现的情感又是多面性的。比如《我要用落日买一千里涛声》这首诗作：

时近黄昏，秋风继续逆水而上
在赣江大堤的外围，我正在一片草滩上
趁着风势翻检儿时的记忆

江涛合着浪花的起伏高一声、低一声
放牛的小伙子在堤上围着那辆红色汽车
转了几个圈，然后径直朝江边走了过来
就像一只水鸟围绕一只抛锚的运沙船巡飞
然后又飞回岸边。他把这里当成自己的领地
却向我这个"闯入者"递过来一支卷烟
他说他养了三头水牛，每头可以赚一千元
他口齿不清，吐字含糊，在向晚的赣江边
使我对家乡的解读再次抵近秋风的凉薄
使我想用落日这枚金币，买一千里涛声
把家乡的黄昏浣洗成带露的曙光

在这里，"使我对家乡的解读再次抵近秋风的凉薄"的叹息与"使我想用落日这枚金币，买一千里涛声/把家乡的黄昏浣洗成带露的曙光"的呼唤同时交鸣，抒发了诗人对家乡农民讨生活的不易的那种酸楚以及梦想能给家乡带来曙光的复杂情感。

又比如《在追寻神灵的心路上》一诗：

我无法阻止自己的心变成另一条赣江
摇一叶木舟从我心上驶过的人
你是那排浪隔世的起伏
我也不能阻止自己的心变成一片桑田

那个扛着锄头来植桑点豆的人

你是庇佑这方水土的神吗

在这个世界上，我常常不能够左右自己

我祈求的神灵从来不在，却又无处不在

人间的灾难众多，我是被爱情救赎的婴儿

在追寻神灵的心路上，艰难地成长

我遮羞的衣衫，有桑的成分，还有浪花的牙痕

我看到的大地，像一张硕大的眠床

我忧伤的目光，楔入了时间的流淌

我神秘的微笑，其实并不神秘

　　在这首作品里，"忧伤的目光"和"神秘的微笑"这两种矛盾的情感同时出现，则又像三棱镜一样，折射着建平兄对赣江一种复杂的感受。其实，这些作品中所反映出的诗人情感的多面性，就是现实社会生活的复杂性的真实体现。而且需要注意的是，这里的多种感情同时表现在一首作品里，基本上做到了整首诗的和谐和完整。

　　从《赣江物语》这部诗集的整体来看，也透溢出建平兄情感的多样性。在这部诗集里，既有对赣江及相关事物的真情流露，又有对赣江及相关事物的留恋忘我；既有对赣江及相关事物真挚情感的赞美，又有对赣江及相关事物脉脉含情的凝视；既有对赣江及相关事物心驰神往的咏唱和讴歌，又有对赣江及相关事物现实生活的思索和探求等等。这些诗歌作品中情感的

多样性，正是现实社会生活的丰富性的真实反映，也正好符合读者审美需求的多样性。

（五）

前面说过，情感的丰富以及多样性是《赣江物语》这部诗集最显著特点，这些以情动人的诗歌作品，正如英国十九世纪最重要的浪漫主义诗人渥兹华斯所说："一切好诗都是强烈情感的自然流露。"在这部诗集中，建平兄的自我形象与表现对象诸如赣江及相关事物是亲密无间地融为一体的，不仅成为了塑造情感对应物典型的一种有力手段，而且构成了情感对应物典型不可分割的一部分，这是诗人情感真挚的抒写。作品中的"我"贯穿整部诗集，这个"我"，可以是建平兄本人，也可以是其他人，但无论是谁，这之间的距离无疑增加了诗歌内含的显现与隐藏的矛盾性，也增加了作品的可读性和耐读性。

当然，一个人有着强烈的情感并不等于诗歌作品里就一定有着强烈的情感，这其中有一个艺术创作的过程，这也是普通人与诗人之间的区别。如果没有艺术创作手法，你心中充满的强烈情感就无法表现出来。《赣江物语》这部诗集的优点就在于，把诗人在现实生活中的所感所想以及心中充满的强烈情感，通过诗歌创作的艺术表现手法鲜明地表现了出来。比如《逆光中的女子》一诗：

有一种背景是宏大的
比如，此刻的落日与赣江
给一颗卵石于无尽的想象

有一种角度是大胆的
比如，逆光中的女子
使一片沙滩无限地延长

有一种相机是傻瓜型的
就像它对逆光的计算
把一个模糊的轮廓当作艺术

有一种对焦是敏感的
就像你的第六感觉
在一瞬间抓住了潮落潮涨

我在逆光中惊叹落日的辉煌
我在江边开始迷恋逆光

　　这首具有强烈画面感的作品以"有一种……"排比进行铺
陈，把诗人欣赏"逆光中的女子"的优美画面的那种发自内心
的情感集中地抒发出来。
　　这种一气呵成的奔流直泻的诗歌创作艺术表现手法，在这

部诗集中随处可见，也是建平兄诗歌创作中常用的一种技巧。

又比如《就在那一瞬间》一诗：

就在那一瞬间，石头开花了
花香在空气里弥漫、流淌
仿佛一条看不见的赣江

就在那一瞬间，江水在倒流
那些远去的时光，又原路返回
再度呈现前世的浪花与漩涡

就在那一瞬间，两条相爱的鱼
幻化了你和我。罪孽缠身的爱情
在漩涡中涅槃，浴水如浴火

就在那一瞬间，两个人心怀悲悯
颠覆了一个平凡的世界，使鱼
抖落了银鳞，长出了飞鸟的翅膀

就在那一瞬间，我开始不相信自己
我决定，周末邀你一起去禅林问佛

　　此诗以诗题"就在那一瞬间"采用排比的艺术手法贯穿了整首作品。强烈地表达了诗人对爱的追求，但又表现出一种对"罪孽缠身的爱情"的无奈，去禅林问佛，佛也无法回答。

　　除了这些通篇采用排比铺陈的诗作之外，有一些作品只是局部采用了排比对情感进行强化。比如"要多少宽度才能够容纳你的任性/要多少高度才能够升华你的涛声/要多少长度才能够陪你一起，走到苍茫的天际/你就像水一样有形，你就像水一样无形/我必须手持罗盘，在你的波峰浪谷之间颠簸向前/我必须心怀周易，屈指迎接你生生不息的风和水/我必须筑牢堤岸，让每一滴水都在天边汇聚"（《你就像水一样》）、"可我还是在日落之前不想睁开眼睛/可我还是在日落之后不敢安心睡去"（《隔着赣江，我担心落日找不到回家的路》）、"一只水鸟飞过来又飞过去的时间里/它的眺望比岁月还要遥远，还要悠长/一只河蚌含沙孕珠的时间里面/它的潮涨潮落打湿了漫天的霞光/一座古老的村庄突然消失的瞬间/它却将涛声在一堆废墟里面埋葬"（《但是，老屋村的名字却越来越滚烫》）等诗作。

　　同时，为了加强情感的体现，复沓也是这部诗集中常见的艺术表现手法。比如"我遮羞的衣衫，有桑的成分，还有浪花的牙痕/我看到的大地，像一张硕大的眠床/我忧伤的目光，楔入了时间的流淌/我神秘的微笑，其实并不神秘"（《在追寻神灵的心路上》）、"九月的赣江，水落石出/九月的我，被几块鹅卵石抱回家养病"（《九月的赣江，水落石出》）、"一如赣江放弃标点，不舍昼夜北去/一堆卵石被抛弃在路上，像时间的白骨/一朵浪花被抛向天空时，风，突然转向"（《我弯腰向赣江鞠了一个躬》）、"一次一次，我默默地来又默默地走/一次一次，我走了，又忍不住再来"（《你如果懂我，就用潮水将我淹没》）、"这些年，我发现最坏的打算就是有太多的打算/这些年，我发现最好的回答就是什么也不回答"（《在未知的远方，我是否还能够与你相遇》）、"我在宣告，我内心的玄冰已开始融化/我在暗示，时间的流水交出冰冷的刀锋"（《用诗人的灵感向赣江交付药费》）、"与日月对饮白与黑/与时间同销万古愁"（《你若不在，千里赣江都是空流》）、"那只经常陪伴我的水鸟，什么时候飞走了/我一点也不知道。那个放牛的人，把一群水牛赶回了老屋村/我一点也不知道。/……/暮色从哪里落下来的/我一点也不知道。冬天的风起自哪里/我一点也不知道。赣江像一根绳子/将我拴在了它的身旁。"（《赣江像一根绳子，将我拴在了它的身旁》）、"对人生越来越随心所欲/对生活越来越删繁就简"（《两只水鸟在赣江上空飞来飞去》）等诗作。

还有一部分诗作中，排比和复沓连在一起同时使用。比如"这一个下午，我什么也没有做/……/这个下午，我什么也不想/……/这个下午，我沿着赣江边行走到天黑/……/这个下午，我只做了一件大事"（《我把一块石头抛进了赣江》）、"向左看，你好像是朝我走来/向右看，你却已经滔滔远去""你的背影浩茫，但天地都融在里面/我与那只水鸟逃无可逃，也融在里面/辉煌的落日与浓重的夜色都融在里面"（《寄存在赣江这道伤口里的一万个月亮》）等诗作。

这些反复抒写的句式，强化了深埋在诗人内心的情感迸发，也是建平兄在《赣江物语》这部诗集中所能寻找到的一种比较适合表达自己情感的特殊方式。

（六）

对于《赣江物语》这部诗集，集中描写的是一个千姿百态的赣江及其相关事物的形象世界，作品中充满了浓郁的生活气息，呈现出蓬勃而旺盛的生命力，因而也成为建平兄抒发情感的丰富源泉。我从小也生活在赣江边，建平兄的这些诗歌作品不仅能引起我的共鸣，触及了我内心深处久违的乡情，更是引发了我对赣江深深的眷恋与怀念。

建平兄善于抓住日常生活中的点点滴滴，并运用艺术的手法进行诗意的提炼，给读者一个鲜明而优美的诗意世界。在创作中，经常采用反复渲染和不断连续复述的诗歌创作技法去描写心目中的赣江及其相关事物。就拿他在诗歌创作中常用的比喻来说，对于明喻、暗喻、借喻等创作技巧，他更喜欢采用博喻。比如《时间产的卵被时间抛弃》一诗：

时间产的卵被时间抛弃
江河用水的怀抱把它捡来孵化
一千年，一万年，太阳没有走远

梦想总是有被打开的可能

浪花坚信自己可以走上沙滩

有爱才能够与时间抗衡

这是秋天的一个黄昏

我把自己抛弃在赣江的岸边

像一颗时间的卵期待被孵化

像一个梦想期待被打开

像一颗卵石期待被人弯腰捡起

像西山踮起脚尖，接住那颗落日

在江边，每一颗卵石都曾对我说过

你可以不相信时间，但要相信流水和爱

在这首诗歌作品里，诗人这样来抒发自己对"你可以不相信时间，但要相信流水和爱"的强烈情感："像一颗时间的卵期待被孵化/像一个梦想期待被打开/像一颗卵石期待被人弯腰捡起/像西山踮起脚尖，接住那颗落日"。另外，还有诸如"就像一粒沙说出了一片沙滩可能的坍塌/就像落日幻想自己成了世界上最后一滴水"（《一滴水是江河的宿命》）、"就像人，在一声啼哭中向死而生/像爱情，为别离而饮鸩蚀骨的缠绵/像赣江呀，日夜向远方奔流/最终消失在苍茫的天边"（《俯身捡起这块青花残片》）、"像赣江一样以低为高，纾解我过快的心跳/像一颗鹅卵石那样，虔诚地聆听"（《隔着赣江，我担心落日找不到回家的路》）等诗作。

同时需要指出的是，这部诗集中有的诗歌作品通篇由博喻构成，比如上面说到的通篇采用了排比进行铺陈的《逆光中的女子》这首作品："……/比如，此刻的落日与赣江/……/比如，逆光中的女子/……/就像它对逆光的计算/……/就像你的第六感觉/……"整首诗从各个角度比喻"逆光中的女子"这幅美丽赣江晚景图。

在《赣江物语》这部诗集里，还有许多诗作都是在排比中再运用比喻等多种技巧融合在一起来抒写某个对象的。这类诗歌作品虽然在一定程度上给人印象是在刻意追求技术问题，但是这些技术首先是要为诗歌的主题思想服务的，而且必须源自于诗人内心深处的创作激情。当然，这些激情又必须来自于诗人在现实生活中感受深刻的个人体悟。只有这样，在诗歌创作的主题思想方面，才能统摄于各种创作技巧的运行，才不会使得作品技术过剩，思想不足。因此，一首诗歌创作出来之后，诗人的情感和思想也就全部存在于这首作品之中了，这样的诗歌作品才算得上是比较成功的，也是完整的。

（七）

用一部诗集把赣江及其相关事物作为抒写的对象，可以看出建平兄对这方水土爱得有多深！恋得有多沉！

二十多年前，我曾写过一篇《说"水"》的文章，搜罗了自古以来文人墨客关于江河流水的系列文章和诗句。先贤圣哲，敬水、爱水、以水为友，流连于山水之间，诉说心声，抒发胸怀，倾泻愁思，探求真谛，陶冶情操。

孔子观水，见其汹涌澎湃，不畏山之高、阻之险，也不论白天与黑夜，奔流不息，一直向前，发出"逝者如斯夫"又"不舍昼夜"之感叹。于是，他悟出一条人生的道理：人应该像滔滔的江水那样，具有锲而不舍、惜时锐进的意志；具有励精图治、不畏险阻、开拓进取的精神。孔子的这一思想可谓是泽润万世，激励着无数中华英才前赴后继"不舍昼夜"地潜心苦读，奋力向前，挑起中华民族的脊梁。

又有老子观水，见水之至谦下、至优柔、至涵容；既谦容百川，而又不高不强；既滋养万物，而又不居不争，始终谦虚地向低处流去。于是，老子感叹道："上善若水，水善利万物而不争"，以此来昭示世人，要像水那样培养一种"利万物而不争"的默默奉献精神，造就一种不图功利不计得失的上善人格。老子的这一思想在我们中华民族的文化遗产中却也滋养众生而绵延百世；自古至今，有多少中华儿女在默默中奉献着，为中华民族之崛起，为中华民族之繁荣呕心沥血，献出自己的汗水、心血乃至生命；而他们中的绝大多数都只是像大河中的小水滴不为世人所知。与此同时，老子又辩证地看到，看似至柔至宽厚之水，却有至钢至强大之质；以其至柔弱之"形"而求至钢强之"质"。以其至柔弱之"形"而为万物所能容纳，又以其至刚强之"质"为万物所不可挡。以此一柔一刚相结合，该柔则柔，须刚必刚，刚柔相济，这才是万物生存之真谛，此乃谓之为至善若水。

宋代的范仲淹，在眺望浩浩荡荡、横无际涯的洞庭湖之水时，吟出"先天下之忧而忧，后天下之乐而乐"之千古名句，用以自勉并鼓励滕子京等朋友，为了国家和民族要有先忧后乐的生活态度。这种思想感情曾激励着我们一代又一代的中华儿女为实现中华民族的复兴而不懈努力着。

"大江东去，浪淘尽，千古风流人物"，是苏轼的怀古之作；"念去去，千里烟波，雾霭沉沉楚天阔"，是柳永的伤离之谈；面对春江花月，张若虚抒发着"江畔何人初见月，江月何年初照人"的人生感慨；面对孤独徘徊，王维写出了"行到水穷处，坐看云起时"的超然情怀。

以水言愁。李煜的"问君能有几多愁，恰似一江春水向东流"满载着一代君主那"剪不断、理还乱"的离愁。以水言政。唐太宗李世民的"水能载舟，亦能覆舟"，一语道尽老百姓和统治者之间的关系，成为历代开明统治者的治国之训。以水言情。秦观的"柔情似水，佳期如梦"的飘逸柔情；温庭筠的"过尽千帆皆不是，斜晖脉脉水悠悠"的缱绻幽情；刘禹锡的"杨柳青青江水平，闻郎江上踏歌声"的爱之激情；李白的"请君试问东流水，别意与之谁短长"依依惜别之情；柳永的"杨柳岸，晓风残月"的缠绵遣情。这些诗句，以水抒情，串串珠玑，道出了诗人们清幽高远、涓涓多情的意境。

古往今来，江河流水塑造了我们民族之精神，滋养了文学艺术，给中国的文化注入了生命力，使中国文化更加生机盎然，绚丽多彩。而建平兄潜心创作的《赣江物语》这部诗集，也将随着赣江之水流入历史的深处。对于这部诗集的命运，或许会被东流之水所湮灭，也或许会被时间之水所留痕，但这些都不重要，重要的是用诗歌的方式真心爱恋过，这就已经足够了！

是为序。

2018 年 6 月 6 日于南昌靖清轩

（作者系中国作家协会会员、中国文艺评论家协会会员，江西省作家协会理事、江西省文艺评论家协会理事，现任南昌市作家协会副主席、南昌市文艺评论家协会副主席）

目　录

蓄谋已久的一场雪

酝酿已久的一场雪，终于还是没有落下来
冬天用温暖浇灭了一盆火燃烧的欲望
但我听到干柴在内心一次一次自顾自地爆裂
噼噼啪啪的声音在半路遭遇了怎样的伏击
至今没能带着那种毁灭的快感抵达生活
森林的外衣由鲜亮转向灰暗，衰草枯黄
散发出强烈的灰烬的气息
整个大地像一只巨大的火盆
人们像一根根散乱的柴火。梦想涅槃的乌鸦
成群结队穿越雾霾飞来捡拾
黄昏，我从老屋村出发来到赣江边取水
随手，我拿起一根鱼骨，敲响落日那面铜锣
乌鸦们带着神赐的叫声纷纷逃离。黑色的雪
仿佛蓄谋已久，开始从大地向天空飘落

2014 年 2 月 3 日

沙滩上的扇贝

我的妄想症与不安分的浪花

初次相遇在一个秋日的黄昏

一枚扇贝被推上沙滩，我们之间

共有一滴水、一粒沙、一片西下的夕阳

我看着它独自驮着落日回家

那一瞬间，我理解了赣江的空阔

我不再为生命的卑微而伤感

不再为一枚扇贝的前途担忧

在落日余晖中，千里赣江

正在一点点浓缩成它的呓语，而浪花

却一遍遍放大含沙成珠的爱情

生命的途中，爱情是唯一的信仰

在一枚扇贝的信仰中，等待江河转向

我没有理由要背叛内心的潮涨潮落

2014 年 10 月 14 日零时

赣江的黄昏

秋天的一个黄昏

我来到赣江边，不是为了

偷看浪花的牙齿把时间咀嚼

然后吐出金黄的骨渣

也不是为了偷看一个女子

裸着性感的脚踝，用曼妙的步子

使那些骨渣变成柔软的河沙

那是一个使浪花不肯安息的女子

身体像赣江一样健康而又苗条

她黑色的长发被秋风吹乱

涛声隐隐的赣江，不过是其中的一根

西岸的落日将坠未坠

她脸上的酒窝，盛满我的寂寞

赣江的黄昏，系不住她的莞尔一笑，

2014 年 10 月 13 日

湿地歌潮
丁酉年朱
建军

一头水牛拦截了赣江

在这个将暮未暮的秋日黄昏
一头健壮的水牛翻过了大堤
在江边用嘴对清瘦的赣江
进行了一次短暂的拦截
从浪花极尽羞涩的表情来判断
我认为，这是一个穿越时空的
爱情故事。发生在一条普通的水牛
与一条自命不凡的大江之间
我悄悄地把赣江流经水牛的唇齿
所发出的快感呻吟，与浑圆的落日
与千里长河交媾的宏大场景叠放在一起
我发现，一头水牛的饥渴
与长河落日的悲壮，非常地相似
此中定有深意，但天地无言

2014 年 10 月 14 日子夜

一滴水是江河的宿命

一滴水有一万种可能使一条河流成为河流
一万种可能中有一种以肯定句式挺身而出
就有神秘的力量庇佑着一条河流的成长
但是，一滴水还有一万种枯竭的可能
像潜伏在人体内的暗疾，潜伏在江河中
一万种变数掌握着一条河流的生死存亡
除了水，还有什么可以拯救江河的
灭顶之灾吗？或许，答案是可以肯定的
但要等到世界出现新的物质来把水替代
我以危言耸听的语气，说出了
一条雄性的江河滔滔不绝的隐忧
就像一粒沙说出了一片沙滩可能的坍塌
就像落日幻想自己成了世界上最后一滴水
然后与所有的可能成为江河的宿命

2014 年 10 月 15 日

我要用落日买一千里涛声

时近黄昏，秋风继续逆水而上
在赣江大堤的外围，我正在一片草滩上
趁着风势翻检儿时的记忆
江涛合着浪花的起伏高一声、低一声
放牛的小伙子在堤上围着那辆红色汽车
转了几个圈，然后径直朝江边走了过来
就像一只水鸟围绕一只抛锚的运沙船巡飞
然后又飞回岸边。他把这里当成自己的领地
却向我这个"闯入者"递过来一支卷烟
他说他养了三头水牛，每头可以赚一千元
他口齿不清，吐字含糊，在向晚的赣江边
使我对家乡的解读再次抵近秋风的凉薄
使我想用落日这枚金币，买一千里涛声
把家乡的黄昏浣洗成带露的曙光

2014 年 10 月 19 日

逆光中的女子

有一种背景是宏大的
比如，此刻的落日与赣江
给一颗卵石于无尽的想象
有一种角度是大胆的
比如，逆光中的女子
使一片沙滩无限地延长
有一种相机是傻瓜型的
就像它对逆光的计算
把一个模糊的轮廓当作艺术
有一种对焦是敏感的
就像你的第六感觉
在一瞬间抓住了潮落潮涨
我在逆光中惊叹落日的辉煌
我在江边开始迷恋逆光

2014 年 10 月 19 日

时间产的卵被时间抛弃

时间产的卵被时间抛弃

江河用水的怀抱把它捡来孵化

一千年，一万年，太阳没有走远

梦想总是有被打开的可能

浪花坚信自己可以走上沙滩

有爱才能够与时间抗衡

这是秋天的一个黄昏

我把自己抛弃在赣江的岸边

像一颗时间的卵期待被孵化

像一个梦想期待被打开

像一颗卵石期待被人弯腰捡起

像西山踮起脚尖，接住那颗落日

在江边，每一颗卵石都曾对我说过

你可以不相信时间，但要相信流水和爱

2014 年 10 月 20 日

我想把所有都交给这条河流

我一无所有，但还是想把我的所有
交给这条河流。然后，像一颗鹅卵石
熟睡在沙滩上。阳光的被子盖在身上
不用提防秋风的薄凉。有浪波摇我入梦乡
我无所不有，但我还是想要拥有
这条大江。我命里的水位偏瘦
搁浅的江心洲，久等着潮汛起航
鲶鱼的爱情，在夕阳下渴望湿润的河床
在梦里来不及读懂沧海桑田
醒来不够时间说地老天荒
鱼在天上飞翔，千年不过一瞬
星星在水底潜泳，万年即是虚无
我已经把所有都交给了这条河流
她将用流水承载我的忧伤

2014 年 10 月 22 日

这个下午，它想把一生过完

落日像一个辉煌的句号

一个下午在她的余晖中开始谢幕

暮霭四起，赣江像一张铺开的大床

浪花的棉被蓬松而又温软

沙滩上的水鸟，带着它的忧伤飞走了

它已经被秋风雕琢了一个下午

一个下午，重塑了它的一生

孤独的扇贝按原路返回内心

再一次为自己的爱情含珠为灯

半生的自恋已成症结，使它无法自拔

鲶鱼继续沉迷在浅水区域

把鱼水之欢当作爱的盛宴

这个下午，它想把一生过完

在潮水的祷告声中，我泪流满面

2014 年 10 月 25 日

我的卑微是江河的一部分

就这样，静静地坐在傍晚的江边
过去的遗憾，未来的梦想
都无法驱赶我起身离去，也不能够
危及我心中的依恋。我知道
一颗接受过浪花洗礼的鹅卵石，其内心
多么安静；一只饱餐过落日的水鸟
其生命多么神秘；一片获得过岁月
沉淀的沙滩，其风光多么旖旎
一条经历过潮起潮落的大江
其思想多么空阔。而我，只是一粒
被赣江收留的微小的沙子，只有自己
才会对自己的存在心存敬畏；只有沙滩
才会对我的卑微表示敬意，并且
使我成为江河的一部分

2014 年 10 月 27 日

在追寻神灵的心路上

我无法阻止自己的心变成另一条赣江

摇一叶木舟从我心上驶过的人

你是那排浪隔世的起伏

我也不能阻止自己的心变成一片桑田

那个扛着锄头来植桑点豆的人

你是庇佑这方水土的神吗

在这个世界上，我常常不能够左右自己

我祈求的神灵从来不在，却又无处不在

人间的灾难众多，我是被爱情救赎的婴儿

在追寻神灵的心路上，艰难地成长

我遮羞的衣衫，有桑的成分，还有浪花的牙痕

我看到的大地，像一张硕大的眠床

我忧伤的目光，楔入了时间的流淌

我神秘的微笑，其实并不神秘

2014 年 11 月 30 日

就在那一瞬间

就在那一瞬间，石头开花了
花香在空气里弥漫、流淌
仿佛一条看不见的赣江

就在那一瞬间，江水在倒流
那些远去的时光，又原路返回
再度呈现前世的浪花与漩涡

就在那一瞬间，两条相爱的鱼
幻化了你和我。罪孽缠身的爱情
在漩涡中涅槃，浴水如浴火

就在那一瞬间，两个人心怀悲悯
颠覆了一个平凡的世界，使鱼
抖落了银鳞，长出了飞鸟的翅膀

就在那一瞬间，我开始不相信自己
我决定，周末邀你一起去禅林问佛

2014 年 12 月 4 日

秋雨生米镇

我不是有意选择与一场秋雨结伴而来
我只是路遇一场秋雨时，突然心血来潮
你驾驶着我的理想主义，在一条新修的水泥路上
向南疾驰。空气中的能见度跟现实一样糟糕
我不再热衷于对前途的预见。在城市的追赶中
千年古镇即将滑倒在时光的门前。但是，这一切
跟我们又有什么相关？我们相视一笑
秋天的爱情像记忆的底色一样金黄。这一切
也不能掩饰红色汽车像一团耀眼的火焰
我说，走吧！你从生米街老旧的光阴里
拔出一根火柴。"嚓"的一声将潮湿的秋风点燃
赣江的水位偏瘦，无力阻止爱情任性的燃烧
这一切，跟生米古镇又有什么相关
它已经无法停止在宿命中潜伏了千年的破败

2014 年 12 月 9 日

你就像水一样

你就像水一样，迅速占据了我所有的缝隙

你使我生命河床里的石头，慢慢变得圆润

又使我命运的堤岸坍塌于瞬间

潮水暴涨的情感，像一头发怒的野兽

只有你自己才能够把自己收服

风平浪静的低语，像一只心怀悲悯的绵羊

独自背负着漫天夕阳，来到河边饮水

要多少宽度才能够容纳你的任性

要多少高度才能够升华你的涛声

要多少长度才能够陪你一起，走到苍茫的天际

你就像水一样有形，你就像水一样无形

我必须手持罗盘，在你的波峰浪谷之间颠簸向前

我必须心怀周易，屈指迎接你生生不息的风和水

我必须筑牢堤岸，让每一滴水都在天边汇聚

2015 年 1 月 3 日

我宁愿变成一条殉道的小鱼

我真的不知道如何把这条江河解读

所有的知识储备、文化积淀和虚妄的情感

似乎经不起一朵浪花的淘洗

我不能责怪赣江的宽阔与流长

不能责怪时间的流水有意偏离堤岸，不曾把我砥砺

放任了我身上作为一个人的种种粗俗与狂妄

秋风乍起，我又一次独自来到江边

这一回我选择向一粒沙子学习谦卑

从仰望的角度，把一颗鹅卵石细细打量

以美学的眼光分析有关赣江给予它的诸多幻想

我将尽量避免与那只水鸟决斗

如果它饿了，我宁愿变成一条殉道的小鱼

这样我就可以借助水鸟的翅膀翱翔天空

借助它的眼睛对赣江作一次深情的鸟瞰

2015 年 9 月 6 日

我注定要与你一见钟情

有一些故事早晚都要发生

冥冥中的安排，省略了许多繁文缛节

不管想没想到，在这个秋天我们都将相遇

就像这条名叫赣江的河流，在我出生之前

就从这里流过，它并没有向我预约

若干年之后，我依然来江边降生了。并且

像延续家谱一样把这条大河叫作母亲河

世界上许多东西都不具备选择的条件

就像时间经过浪花的千淘万漉与打磨

变成了一颗形状圆融的卵石

在这个假日，我注定要与你一见钟情

在这个秋天我注定要与你互叙千年的相思

但是，我不感谢命运

我要感激赣江对我的慷慨馈赠

2015 年 9 月 5 日 23 时

我在赣江边把光阴虚度

一个假日的正午，初秋的阳光还有一点热辣
我一个人带着对另一个人的眷恋
来到赣江边。我是一个性格向内而生的人
沉静的外表有时却抵挡不住向外突围的情感
一个矛盾的结合体，像静卧在江水中的卵石
冰凉的外表下，为谁藏起了一团火焰
此刻，裸露的沙滩被我的孤独无限放大
赣江像我憋了半辈子的一声嚎叫。拖长的尾音
使水天空蒙，涛声里的秋风突然变得苍凉
一切都无从把握，包括命运与爱情
我弯腰把鹅卵石捡起又抛掉，捡起又抛掉
就像浪花爬上沙滩又退去，爬上又退去
这个假日我就这样在赣江边把光阴虚度
赣江并没有把我嘲笑

2015 年 9 月 10 日子时

在赣江的晚祷声中

太阳下山的时候，天边霞光万丈

大地的宗教，肃穆而又辉煌

一只鸟在飞翔，它是被太阳释放的囚徒

带着对爱情的忏悔

于将暮未暮时分，越过赣江

闯入我向晚的领空

多年来，我习惯了面向黄昏

沉湎于生命的怀想

不再为新鲜事物的出现，感到欣喜若狂

晚风习习，拂过我的衣裳

也拂过江面上此起彼伏的波浪

那只鸟最终落在了我身上。我一动不动

像一位老僧打坐在空旷的大地上

在赣江的晚祷声中，秋天开始转凉

2015 年 10 月 3 日

我突然一阵心痛

晚霞消隐的时候，那只水鸟

趁机把自己藏进了暮色

天空下意识地低了下来

赣江上的浪花开始跃跃欲试

曾几何时，这些不安分的精灵

沉迷于一个摘星的梦想不可自拔

今夜注定不是一个安分守己的夜晚

今年的冬天注定会冰冻三尺

此刻，寒意正从对岸摆渡而来

江边的沙子早已开始抱团取暖

我独自站在岸边，像一只衣衫单薄的孤鸿

内心的忧伤试图覆盖赣江的苍茫

我弯腰捡起一颗卵石，然后抛进赣江

我突然一阵心痛，仿佛失去了什么一样

2015 年 11 月 28 日

九月的赣江，水落石出

又是九月，我来到了赣江边

秋风从来不问我的来意

因为我与秋风有着相同的悲欢

浪花像一条久别重逢的小狗

拼命地往我脚上蹭

感觉自己也像一只孤独的小狗

对赣江害着一日不见，如隔三秋的病

我来江边捡几块石头当药

然后，就着秋风写一首诗做药引

疗着自己八字里的那份薄凉

我是一个不问药性，不问痊愈的病人

来到赣江，病初愈；离开赣江，病又起

九月的赣江，水落石出

九月的我，被几块鹅卵石抱回家养病

2016 年 9 月 12 日

偷得浮生半日闲
终日来看花
惜惜阆春光
解语带回家

戊戌年夏
建中

秋风向晚，赣江越来越瘦

秋水清瘦，赣江捧着雪白的浪花
向低处流去。阳光依旧灿烂
一条鱼搁浅在沙滩上好多天了
空气里的腥臭一阵一阵浮起
据说，这就是传说中的江湖气息
千里赣江上，有多少鱼虾
每天都在用生命为江湖献祭
这是被一片死鱼霸占的沙滩
甚至找不到一个孤独的雪泥鸿爪
在浅水区，　有一只沉船
流露出了铁锈一般的伤感
数不清的鹅卵石，像岁月的祭品
在默默地祭奠着一条死去的鱼
秋风向晚，赣江越来越瘦

2016 年 9 月 18 日

天将暮，太阳慢慢沉入赣江

天将暮，太阳慢慢沉入赣江

我手里攥着一丝可让梦想发芽的暖

月亮提着一盏马灯，把自己挂在天空

我一个人坐在寂静的沙滩上

面对赣江，却漠不关心它的流速

涛声，依旧不舍昼夜地缠绵起伏

贴身的秋风一字一句译出了岁月深藏的悲凉

"逝者如斯夫！"。但我却一动不动

一夜之间，赣江瘦得露出了自己的肋骨

我已把一片沙滩坐得莺飞草长

这一切，都被一只水鸟看在眼里

它一直蹲在我思绪蓬松的头发上

自顾自地理着一身漂亮的羽毛

对这个世界装作漠不关心的样子

2016 年 9 月 27 日

此刻，秋风正好吹过赣江

黄昏。古渡口。九月的时光里
她橘红色的裙子，是这个秋天最美的夕阳
我弯腰捡拾鹅卵石的身影
有着彩虹一样优美的弧度
却是她一生要经过的独木桥
此刻，秋风正好吹过赣江
岁月有些微凉。夕阳的余辉下面
潮水在燃烧。白色的火焰摇晃不止
我从尘埃里抬起低下了很久的头
念旧的赣江一直守候在我身边
不要舍我而去，给我一个饮水思源的机会
那终将离我而去的，只有我自己
那从我生命的独木桥上走过的人
只把一片夕阳抛在自己的身后

2016 年 10 月 10 日

我把一块石头抛进了赣江

这一个下午，我什么也没有做

没有回顾过去，没有瞻望未来

对当下的自己也羞于观照

静静地，我看着赣江默默地流淌

这个下午，我什么也不想

不想天地万象，不想人间苦乐

对上天恩赐的一切，平静地接受

这个下午，我沿着赣江边行走到天黑

对浪花的痴情，我的双脚没有半点迟疑

这个下午，我只做了一件大事

我弯下了一个诗人孤傲的身躯

捡起一粒鹅卵石，然后用力抛进了赣江

据说，它从江心到江边花了一万年的时光

一万年的积蓄，只够我一瞬间的消费

2016 年 10 月 13 日

等待赣江倒流的时刻

等待的日子不管多么漫长

但生命的尺度很短，很短

流水无情得让多情成为一种罪恶

我要抛弃一些美得使人心疼的幻想

把尺降到寸，把寸降到分

把分降到乌有。在时光停止的刻度上

我内心的莽草不再疯了一样生长

流水像赣江发布的一篇颂词

一只水鸟站在我右边的石头上默诵着

我的左边空旷无物……世界那么大

容不下我一丝半缕的杂念

我坐在一千八百公里长的赣江边

守着一个叫人啼笑皆非的信念

像守着自己的最后一口气息

2016 年 10 月 24 日

倾我一生深情，为你滔滔不息

一朝相遇，我就把自己放养在你的秋水里
从没想过有朝一日让思念进化成翅膀
然后，拨开重重叠叠侵骨的波浪
冲天而去。我只想做一条安守赣江的鱼
把对日出日落的关心，转向潮涨潮落
把对爱情的狂热，转向内心的平静
从你的秋水里出发，游过雪满寒江的冬天时
我会不屑于和独钓的蓑笠翁纠缠平仄之事
我向往春天与远方，向往没有终点的抵达
我对一切命运的安排都可以淡然接受
唯独对你例外；我崇尚师法自然的哲学
唯独把爱情捧为图腾。一朝相遇
我就把你放养在我的生命里
倾我一生深情，为你滔滔不息

2016 年 10 月 31 日

我认定这个下午就是自己的生日

又是一个冬天的下午，万物萧疏
我翻过赣江大堤，再次来到那片沙滩
满眼都是细碎的金子。我的内心格外干净
一块青花瓷片卧在金色的沙滩上面
宁静，肃穆而又神秘。一种感动不可言传
我坚信这块青花瓷片里面藏着一座庙宇
千里赣江啊，像一位远道而来的信徒
虔诚地匍匐在它的面前，庄严了每一寸时光
我恍然大悟，多少年啊
我目送的流水，是赣江念念不忘的心经
我头枕的波涛，是赣江为老屋村
日以继夜悲悯的祷告。我突然泪水盈眶
认定这个下午就是自己的生日
一千年，一万年，也说不完瞬间的永恒

2017 年 2 月 8 日.

俯身捡起这块青花残片

青花瓷，自脱胎于大师之手
就再也逃脱不了破碎的宿命
就像人，在一声啼哭中向死而生
像爱情，为别离而饮鸩蚀骨的缠绵
像赣江呀，日夜向远方奔流
最终消失在苍茫的天边
我俯身捡起这块青花残片
它的伤口已被时光打磨得那么圆润
我想装作无意被它的锋刃割破手指
释放淤积了千年的思念，就像它最终的
那一声尖叫，闪电一样划过大地
让赣江带着疼痛向我奔涌而来
可我已不能够复原它的从前
就像它也不能够承载我的未来

2017 年 2 月 9 日

用诗人的灵感向赣江交付药费

如果赣江是一贴疗效上好的膏药

就请你紧紧地粘贴在我的生命里

一生一世都不要把你撕掉

亲爱的，我没有什么为你奉献

我只有用余生接纳你的快乐与忧伤

用眼神牵挂你的白昼与黑夜

用泪水浇灌你天边的晚霞

新年的钟声余音袅袅，亲爱的

我佩戴的围巾，燃起了红色的火焰

我在宣告，我内心的玄冰已开始融化

我在暗示，时间的流水交出冰冷的刀锋

赣江静水流深，日夜吸纳我的伤痛

一只水鸟向天空交出了自己的飞翔

我只能用诗人的灵感向赣江交付药费

2017 年 2 月 9 日

万物都深藏着自己的秘密

在每一颗鹅卵石的心中
都藏着一条属于自己的赣江
流水、涛声、沙滩、水鸟与落日
内心的潮涨潮落，不可对外人道也
万物都深藏着自己的秘密
然后，背负旷世的沉默独自前行
一颗鹅卵石，走过了千年万年
仿佛从来也没有走出过自己
赣江，不舍昼夜地流淌
似乎去了很远，又仿佛从未离开我身边
就像我，穷尽一生也没有阅透人世
了悟生死，却对爱情满怀伤悲
来到江边，又止步于江水
热爱黄昏，却没有与那片夕阳一起沉沦

2017 年 2 月 20 日

流水不回头，我就坐看它一日千里

我用一生默默地看着赣江流向远方
像在一个梦里，不过问岁月的短长
一只空船从下游逆水而上，然后掉转头
顺流而下，满载着一船空洞的时光
两只水鸟紧挨着我忙于筑巢
我刚好被阳光翻晒了一遍，一窝小鸟
就已经羽翼丰满。我忍不住咳嗽了一声
却见大鸟呼唤着小鸟，惊飞了满天
我想象的赣江应该像一把卷尺
拉得再长，一松手还会回到我的梦里
我热爱的人生，总是不够把一个梦做完
一个梦，让赣江也丈量不出长短
流水不回头，我就坐看它一日千里
人生本无意，我就像赣江一样放浪自己

2017 年 2 月 21 日

我弯腰向赣江鞠了一个躬

赣江是孤独的。一如孤独的我
我默默地坐在孤独的赣江边
从日出到日落。一如赣江
从早晨到黄昏,从我身边默默流过
多年来,我始终与赣江保持着
某种相同而又不尽相同的向度
仿佛两颗灵魂各自在将孤独打磨
面对赣江,我首先放弃了使用语言
一如赣江放弃标点,不舍昼夜北去
一堆卵石被抛弃在路上,像时间的白骨
一朵浪花被抛向天空时,风,突然转向
逆光中飞向落日的水鸟,逐渐接近悲壮
我不由自主地弯腰向赣江鞠了一个躬
像一个问号,锁住了最后一抹余晖

2017 年 6 月 4 日

我只是赣江一滴随波逐流的水

人生短暂，江河万古，时间的流水
一日千里。静静地站在赣江岸边
恍惚听到了上古老人的自言自语
逝者如斯夫……逝者如斯夫
一个浪打过来又退下去，我像一颗卵石
被潮水遗忘在岸上，半生的浸润
在一瞬间就被阳光烤干。有时
我又像一只水鸟，在江河的图腾里
参不透天地的苍茫。有时更像一只
含沙成珠的河蚌，小心地在浅水区域匍行
艰难地完成从肉体到精神的虚化
我有时什么也不是，只是一滴水
在赣江里随波逐流，偶尔被风提起
盛开成浪花，但这种幸运不会常有

2017 年 6 月 5 日

隔着赣江，我担心落日找不到回家的路

对岸的新城逐渐超出了西山的高度

我开始担心那轮落日找不到回家的路

我有空就来到赣江边，默默地目送它一程

许多日子都是在有惊无险中度过

一只水鸟始终保持着低处的飞行

像赣江一样以低为高，纾解我过快的心跳

一只船每天泊在江边，像我一样以梦为马

我面向赣江，独自跌坐在河床上

像一颗鹅卵石那样，虔诚地聆听

赣江以 1800 公里浑厚悠长的音域

为我开悟存在的哲理和生存之道

无心地观望一只水鸟无为的飞翔

可我还是在日落之前不想睁开眼睛

可我还是在日落之后不敢安心睡去

2017 年 6 月 17 日

你如果懂我，就用潮水将我淹没

一次一次，我默默地来又默默地走
一次一次，我走了，又忍不住再来
这一次，我又遇到了那个放牛的人
他的口齿依旧像前年那样含混不清
我会从他的口音中分辨出故乡的脉络
他还是那样热情好客，走近我，然后
递给我一支前年一样的劣质香烟
那一刻，我突然想哭，半生的沧桑
在心底翻涌。我装作云淡风轻的样子
脸上的笑容却被故乡的风一层层刮薄
感觉自己就像一粒没经过淘洗的砂子
时不时就被人间的情感硌痛。赣江啊
你如果懂我，就用潮水将我淹没
我的血肉和灵魂，需要彻底洗濯

2017 年 6 月 18 日

在我目力不可触及的天际

长大之后，我就知道，许多的经历
都与这条大河纠缠不清；一生的情感
都以赣江的流向为走向，时而激越
时而舒缓，从不计较清澈与浑浊
以泥沙俱下的心态，追随大江东去
在波峰浪谷之间颠簸起伏
在潮起潮落之中快意人生
我所坚守的秘密，早已被落日点破
因此，每个黄昏它都许我一杯苍茫
而我早已是一个沉醉不知归路的人
没有时间过问越走越短的生路
念念不忘在目力不可触及的天际
停下来问一声赣江，我们之间
谁是谁的长调，谁又是谁的短歌

2017 年 6 月 18 日

在未知的远方，我是否还能够与你相遇

在这个世界上，总是有数不清的未知
在等着我，也在等着你。就像我之于赣江
赣江之于我。一路相随，一路破译彼此
远道而来的风，还没有抵达岸边，又突然
朝后转向。那只水鸟在距离水面一米的高度
发出了一声短促的悲鸣，我的目光
落在一个未知的水域，期待赣江浮出水面
这时候，河蚌爬到沙滩上，产下了一枚月亮
鹅卵石潜到江底，孵出了一首童谣
赣江失眠时，波涛却发出了隐隐的鼾声
我从小在江边长大，被一个问题折磨到现在
在未知的远方，我是否还能够与你相遇
这些年，我发现最坏的打算就是有太多的打算
这些年，我发现最好的回答就是什么也不回答

2017 年 6 月 19 日

赣江北去，却将我遗忘在老屋村

我自始至终都是一个寡言少语的人
在自己的世界里独来独往，旁若无物
在别人的海阔天空中，抱守内心的沉默
习惯了在人群中，被人有意无意地旁落
偶尔露出的笑容，跟云缝里漏出的阳光
基因不在一种图谱上。在这个世界里
我是出处不明的一页天书，至今无人读懂
就像我越来越读不懂老屋村的鸡鸣狗吠
赣江以滔滔不绝替代了我表达的愿望
我在沉默中坐拥人生的深刻与浅薄
我发现，一滴水就是一个完整的世界
哪是谁让我在自己的宿命里抱残守缺
赣江北去，却将我遗忘在老屋村
像一只河蚌，在赣江边含沙为珠

2017 年 7 月 1 日

布衣暖菜根香
读书滋味长

戊戌年夏月
建平

喊一声你的名字，我泪流满面

你许我的山高水长，像一句偈语

被夕阳的暮鼓声，送出了很远

我承诺的一往情深，还留在赣江岸边

一回回被隐隐的涛声擒住，又原地放回

一次一次被潮水打湿，又被风吹干

透过暮霭，我看到你点燃的渔火像梦幻

喊一声你的名字，我泪流满面

生命的赣江，从心的源头一泻千里

可我已经端不起那只落日的酒杯

不能痛痛快快地将思念一饮而尽

我只能借助一只水鸟的恻隐之心

以赣江为寺庙，向一片苍茫皈依

我跪在大地的蒲团上，祈求这只水鸟

帮我了断那些天马行空的杂念

2017 年 7 月 17 日

一颗卵石出其不意，伸手把我拾起

沙滩被撤退的潮水无限放大

夕阳看到我弯腰的身影，斜斜地

倾向于孤独。一颗卵石出其不意

伸手把我拾起，像一朵波浪

伸手从天空拾起一片鸟羽

命运转身的时刻，江河空濛

我能说出自己的朝向，却说不出

世界与我谁曾经被谁掌握

我突然飞起，或者说世界突然堕落

在涛声空阔的江面上

我来不及思考人生与命运

也来不及上下求证

划过空中的那道优美弧线

就是被夕阳放大过的，我弯腰的身影

2017 年 7 月 17 日

寄存在赣江这道伤口里的一万个月亮

向左看，你好像是朝我走来

向右看，你却已经滔滔远去

你的背影浩茫，但天地都融在里面

我与那只水鸟逃无可逃，也融在里面

辉煌的落日与浓重的夜色都融在里面

人间万象真实得无可挑剔，就像山水

而你虚幻得完美无缺，就像云霞

流水是无法破译的梦呓，涛声在删除涛声

我伸手一摸，遍地都是冰凉的卵石

这是上古遗存的海誓山盟，这是我

前世的路标，来世的骨头

这是赣江朝我走来时的隐喻

也是赣江离我远去时的暗示。这是我

寄存在赣江这道伤口里的一万个月亮

2017 年 8 月 12 日

掃盡寒枝不肯棲
寂寞沙洲冷
戊戌年初秋建平

我坐拥以赣江为主题的无限江山

坐在岸边，我把两只脚伸进赣江
千里江流从我的脚趾缝流过后
开始变得舒缓，开阔，苍远
目尽天际，多少一去不复返的浩茫
像一根长长的纤绳，拉直了我
日月都剪不断的生命惆怅。此刻
对岸的落日也迟迟不肯归去
无限夕阳极力的渲染这短暂的辉煌
我心中的那只水鸟，拍翅而起
像一滴水被夕阳蒸发，像升华的赣江
诗的语言，神秘地抵达了我的内心
仿佛流经我肉体的江水一样清凉
我独自坐拥以赣江为主题的无限江山
用爱的余温迎接又一个秋天的霜降

2017 年 9 月 19 日

十月的第一个早晨，赣江清澈如许

阳光灿烂，太阳的手指点开了
十月的第一个早晨。岁月静好
赣江清澈如许。一种流淌不动声色
就像此刻的蓝天上，一朵白云
在我的头顶上不动声色地飘移
今日的天空也像赣江一样
使我的眼眶不由自主地变得湿润
我内心的感动已到十分，人却无比平静
仿佛赣江又一次流经我卑微的生命
一种洗涤不动声色，清澈如许的
不仅仅只有赣江......阳光灿烂
照耀着十月的第一个早晨
我在赣江边，看流水静静地流淌
也不时抬起头，看那朵会飞的白云

2017 年 10 月 1 日

除了赣江，没有人能够将我的人生诵读成篇

我的每一滴泪水，都是赣江的一部分

无论凉与热、起与伏、湍急与舒缓

没有语言和文字能够把我与这条大河分隔开来

很多时候，我的情感都追随着赣江一泻千里

怕就怕苍茫之间，一轮红日将落不落

悬于我浅浅的泪腺之上。此刻啊

起自老屋村的秋风有点惶急，岁月的余温

迅速散尽，赣江在我的血脉里百转千回

隐隐的涛声，几天几夜冲不开我自闭的喉结

我每一根新生的白发，都像一首结霜的秋风辞

一夜之间，使江边无数草木变得枯黄

除了赣江，没有人能够将我的人生诵读成篇

没有谁可以把握住那份与生命同在的苍凉

那是一种大开大合，却又波澜不惊的流淌

2017 年 10 月 7 日

我追寻赣江源头的愿望会更加迫切

从老屋村出发，我要去追寻赣江的源头
我不为什么，只为瞬间掠过心中的愿望
像那只若无其事的水鸟，掠过傍晚的赣江
它身负着使命，自己却一无所知
像赣江不知不觉带走了我许多快乐
却回赠我一辈子也捡不尽的鹅卵石
但我喜欢那只用飞翔点燃我忧伤的水鸟
当它的翅膀擦过落日，天空就有万丈霞光
赣江却在平风细浪里，将我遗忘在岸边
静静的浣洗水中的夕阳和岁月的绵长
每天这个时刻，我会停下奔忙的脚步
看着赣江在大地的深处缓缓地流向远方
而我追寻赣江源头的愿望会更加迫切
我与那只水鸟不期而遇的日子会越来越多

2017 年 11 月 20 日子夜于县委党校

像赣江穿越爱恨，流过我的家乡

抬起头的时候，太阳还在我的右前方
像一个橙子，散发出成熟的果香
微风吹动云朵的叶子，吹动我的欲望
我踮起脚跟，才发现自己那么矮
我伸出手臂，才发现我与梦想隔着赣江
这是丁酉年的冬天，江水清瘦
而思念却像洪水一样浑浊、汹涌
此刻，我就是我自己的千里赣江
时间的潮水不停地拍击我生命的河床
每一段堤岸都开始漏洞百出，险象环生
但我已倾尽全力，为这个世界固守信念
我将牺牲自我，使赣江安静地流淌
蓦然回首，我看见自己的影子好长好长
像赣江穿越爱恨，流过我的家乡

2017 年 12 月 12 日于画室

但是，老屋村的名字却越来越滚烫

我已经把这条赣江，藏进了眼睛里面

一只水鸟飞过来又飞过去的时间里

它的眺望比岁月还要遥远，还要悠长

一只河蚌含沙孕珠的时间里面

它的潮涨潮落打湿了漫天的霞光

一座古老的村庄突然消失的瞬间

它却将涛声在一堆废墟里面埋葬

只有你从暮色中缓缓走来的时候

我眼睛里的赣江，壮阔而又苍凉

所有的水鸟都开始在天空翔聚

遥远的已不再遥远，悠长的会更加悠长

所有的河蚌都该捧出珍珠，把爱情点亮

但是，老屋村的名字却越来越滚烫

我一眨眼睛，寒冬也被烫伤

2017 年 12 月 12 日于画室

赣江像一根绳子，将我拴在了它的身旁

赣江像一根绳子，将我拴在了它的身旁

我在沙滩上独坐无言，练习心无旁骛

就这样看着流水远去，又似乎从未远去

那只经常陪伴我的水鸟，什么时候飞走了

我一点也不知道。赣江不语，静水流深

那个放牛的人，把一群水牛赶回了老屋村

我一点也不知道。散落在枯草上的牛粪

已经被风吹干。思念如刀，牛粪也难逃

赣江及时的拐了一个弯。善于修正自己

才能走得更远？暮色从哪里落下来的

我一点也不知道。冬天的风起自哪里

我一点也不知道。赣江像一根绳子

将我拴在了它的身旁。我心无旁骛

坐在赣江岸边，任由涛声取代我的语言

2017 年 12 月 15 日

你若不在，千里赣江都是空流

时间在江边停顿了很久

流水成了我涛声隐隐的长发

谁能够束起我三千丈的思念

我就日夜围着她千回百转

不想天边，也不再说永远

在最初的温情里喋喋不休

在最后的悲欢里雪一样白头

赣江时而舒缓低沉，时而潮涌两岸

那只水鸟逐波而动，上下翻飞

我依旧像一尊雕塑，不动声色

与日月对饮白与黑

与时间同销万古愁

在很深的执念里，浅浅的浮起

你若不在，千里赣江都是空流

2018 年 1 月 8 日

两只水鸟在赣江上空飞来飞去

一只水鸟从我身边飞起，去向不明
它并没有从我身边带走什么
我的心里空阔无边，这是那只水鸟
渴望的空间，我为它准备了一生
一生的苍茫，前无古人后无来者
另一只水鸟从对岸朝我飞来
它的来意不明，我的心被忧伤占领
我早已经放弃了庄严的仪式感
对人生越来越随心所欲
对生活越来越删繁就简
偶尔用目光的钥匙打开一滴温暖的泪水
然后，将越来越清晰的世界洗得面目全非
去向不明的水鸟已飞翔在自己的去向里
来意不明的水鸟还盘旋在自己的来意中

2018 年 1 月 15 日

像赣江那样，无意走远才走得更远

我从春天出发，此刻又回到了春天
季节的轮回，是否与生命相关。但我
还是该放下一些虚妄，放下一些执念
像赣江那样，无意走远才走得更远
或者，我该向那个放牛的小兄弟学习
日出的时候将一群水牛散放在江边
到日落时分就来把它们领回老屋村
从日出到日落这段时间，放心地
把自己的所有都托付给自己熟悉的赣江
从日落到日出这段时间，又任由赣江
走进他不着边际的梦想，潮涨潮落
好像是他生命中某种不可言传的呼应
真的该放弃一些欲望，放弃一些追寻
我曾经走得很远，最终却回到了起点

2018 年 3 月 4 日

我忍不住它那种怀念江河的样子

每次来到赣江边，我都会看到这颗卵石
裸露在沙滩上，好几回我都忍不住它那种
怀念江河的样子，弯下腰将它捡起
然后，把它放进江水中饱饮一次
又放回原地。开始，我感觉这样很有趣
后来，我常常问自己，为什么
不将它交给赣江，让潮水把它拥进怀里
千万次的扪心自问，至今没有确切的答案
岁月在犹豫不决中，又开始了新的轮回
过去的一年，赣江的水位始终走低
阳光洒在沙滩上，好像另一种潮汐
不知道那颗卵石是否也有这样的错觉
不知道生活在错觉中的卵石，是否
已经接受了现实，分不清阳光与流水

2018 年 3 月 25 日

落日是河蚌生前孕育的一粒珍珠

在距离江水不到一尺的地方
一只河蚌的生路走到了尽头
它黑色的蚌壳已不再合二为一
不能在沙滩上画出自己的风华
它用一分为二的方式，毫无保留地
向天空交出了曾经波澜壮阔的一生
它的肉体已经被时间风化，然后消失
灵魂也早已在浪花的超度声中出窍
但我相信，赣江上那只凌空蹈虚的水鸟
就是河蚌的化身。我面含微笑
仿佛读到了一句顿悟生死的偈语
但我相信，天空下一轮浑圆的长河落日
就是河蚌生前孕育的那一粒珍珠
多么辉煌的遗言呀，照亮了千里赣江

2018 年 3 月 26 日

不做詩人不知啊
做个男人表酒疯
天生我材有何用
不如蘇苗和大悲

戊戌年秋月
建平

我独坐江边，耽于抽刀断水的千古忧愁

这些年，我常常在赣江边独坐

经常耽于抽刀断水的千古忧愁

这些年，我不停地在跟自己告别

别过了春风，但别不过秋雨

别过了千山，但别不过流水

江边的野草目睹了一切，它们藏起真相

在风雨中恪守物象的庄严，默然地

于荣枯的命题中，从容把握生命的轮回

像大河流水的循环往复，像爱情百转千回

多少过往，就这样留下了不灭的记忆

多少记忆，就这样在赣江上涌起浪花朵朵

多少浪花，就这样在我眼前速开速灭

我把这一切都纳入了我的耽想之中

就像赣江把我纳入了她的潮涨潮落

2018 年 3 月 27 日

只有落日依旧，辉煌得使人想哭

落日辉煌的时刻，我背对着世界

默默地将一滴泪水洒进了赣江

我的悲欢，在一瞬间被无限放大

像晚霞一样涨满了河床

像暮色一样淹没了河床

从今天开始，我的悲欢

有了赣江一样的长度与深度

有了赣江一样的面积和体积

从今天开始，我的悲欢

让赣江有了浑浊的理由

让赣江有了苍茫的借口

从今天开始，浪花不再纯粹

潮水不再是单纯的潮水

只有落日依旧，辉煌得使人想哭

2018 年 3 月 28 日

河床上的鱼骨和蚌壳，都是我的空虚

这是我预约的黄昏。我偏爱这良辰美景

我将自己与赣江置放在相同的河床上

让内心的波澜与赣江一起绵延千里

我与你若即若离，与赣江不分彼此

我偏爱着赣江的每一个黄昏，偏爱它

供出一轮硕大的红日，做我的精神晚餐

当我独自沉醉于夕阳如酒的时刻

水天共系一色，万物都向着我的心境皈依

除你之外，我仿佛拥有了整个世界

还有天空上的那只水鸟像天生的叛逆者

它知道我对黄昏的偏爱，却从我的眼前

衔着赣江，像衔着她的鱼虾越飞越远

我的晚餐余兴未尽，暮色就收走了酒杯

河床上的鱼骨和蚌壳，都是我的空虚

2018 年 3 月 29 日

见西邻五斗
博个春
戌戌年秋月建军

渡口，抱着自己的名字怅望着对岸

渡口对面，是傍水而生的生米古镇

千年的繁华已经落幕，少年的记忆

应该还留在那条长长的青石板路上

荒废了多年的渡口，抱着自己的名字

在春风秋雨里望着赣江漫漶惆怅

但我一直感觉还有一只渡船

停泊在这里，坚守着一份如水的情怀

那只渡船不在我眼里，就在我心里

不管远近，只要我望得见渡口

那只渡船就会出现在时光里

它似乎忘记了自己，在苦苦地等着谁

无论昼夜，只要我想起了渡口

那只渡船就已经停靠在记忆里

它不像在等别人，它是在等自己

2018 年 3 月 30 日.

我在等待成为赣江之上落日的灰烬

我在等待一个时刻的远去

像在等待灵魂深处的一次祭祀

我在等待一个时刻的到来

像在等待天地之间的一场盛典

我在等待流水把我带到天边

让我的迷茫去叩开一片苍茫

我在等待沙滩将我永久的留下

让我和卵石、蚌壳一起虚度时光

我在等待一只水鸟来解密我的明天

让落日的余辉为它点亮灯光

我告诉赣江，如果这些都不能实现

就干脆来一场洪水把我埋葬

我注定就是这个春天的一缕愁绪

我在等待成为赣江之上落日的灰烬

2018 年 3 月 31 日

我们站在江边各自抽完了一支香烟

我在江边问去年那个放牛的小兄弟

今年的这群水牛是不是去年的那一群

他说，除了两只新生的小牛崽，其他都是

他的口齿还是跟去年一样含混不清

也跟去年一样，掏出一包香烟抽出一支

递给我。我没有和去年一样拒绝他

他显得很开心，像老朋友一样为我打火

我猛吸了一口，感觉特别的过瘾

然后，对着赣江缓缓地吐了出去

与此同时，他也为自己点燃了一支

他吐出的香烟同样追随着赣江远去

我们站在江边各自抽完了一支香烟

一支烟的功夫，天上的云又厚了一层

赣江也被他家的牛群渴饮了好几回

2018 年 4 月 5 日

我在沙滩上写下一个人的名字

我从赣江里捞起一根小木棍

弯腰把一个名字写在了沙滩上

这是我在心里呼喊过千万遍的名字

此刻，我想将她从心里挖出来

交给这片柔软的沙滩替我收藏

让我独自承担挖心之痛的惩罚

让极致的惩罚斩断我生生念念的妄想

让我的前世归零，来世归于平淡

让我今生未尽的泪水化作江边的卵石

替我守护这个名字里蕴含的善良

替我告诉那只水鸟，不要飞去太远

替我告诉那个落日，不要那么匆忙

我已跟赣江签下了永世不变的盟约

从此由滔滔的波浪把这个名字叫响

2018 年 4 月 6 日

我想借一轮落日画一个句号

我从杂草丛生的老屋村走出来

沿着汇仁大道西段走到赣江岸边

这是我人生之中最长的一段心路

也是我情感世界最孤独的一个黄昏

夕阳漫天，落日低悬，被浸染的赣江

平风息浪，江水无声流过我身边

我回头看了一眼老屋村，发现她

还挣扎着站在我人生的背景里面

太阳的逆光远远地打在我的身上

使我的轮廓变得分明，又模糊不清

让老屋村看着我，就像我看着她一样

分不清爱恨，说不出悲欢

我想借一轮落日画一个句号

让它为我吞咽所有的忧伤

2018 年 4 月 6 日

老屋村纪事（组诗）

一

那一年的初夏与往年没有什么区别

天空的确也没有出现异象

只有我在襁褓中日夜不停地啼哭

让老屋村心绪不宁。那个下午

风雨交加，家养的黄狗叫声凄凉

一向温顺的赣江被什么蛊惑

狂怒的情绪突然涨满了河床

老屋村一夜未敢合眼，第二天凌晨

还是失陷于一片恐慌……母亲说

那天，是我来到人间第一次睁开眼睛

她抱着我，不安地坐在大难之上

在等待命运决判的煎熬中

这场没有预兆的天灾，最终止步于

我饱餐母乳之后的一声长笑

二

我极力地回忆那天发生的一切

至今没有一颗流星浮出记忆的赣江

但母亲的话我深信不疑

老家门前的桃花，年年春季

都在同一天盛开得火一样热烈

造物主永远藏在万物的后面

神灵藏在我的后面，我却一无所知

我这个在春天出生的孩子

对春天的理解，总是浮于表象

从来没有表现出过人的天赋

老屋村索性放任着我的懵懂

从不拿着棍子催促我赶快长大

赣江也被天地放任成不羁的样子

开始在我的血脉里逐浪滔天

三

老屋村安然地坐落在赣江岸边

我坐在老屋村的怀抱听赣江北去的声音

或者看一只不知名的水鸟

用生命把落日那面铜锣敲出痛感

母亲复述那场洪水时目不转睛地看着我

她的目光里，有一个影子飘忽不定

我穷尽了大半生也没有弄清楚

母亲的心里究竟藏着什么

我感觉自己生活在一个诡异的世界

有很多东西一辈子也琢磨不透

就像我的母亲，在人生最从容的时候

毫无征兆地长眠于赣江岸边的老屋村

这使我的头发，先于我的年龄

暴露出了人世的沧桑

四

我至今固执地认为，母亲的乳汁

才是这个世界上唯一的河流

波涛起伏的赣江只不过是她生命的从属

我庆幸自己的一生都被这条河流引领

她孤独的背影打湿了我无尽的忧伤

我站在老屋村崭新的废墟上面

想起我的母亲，时光就会开始倒流

我渴望见到的那一只水鸟

总是第一个点燃我的泪光

这是我与母亲的灵魂对话的方式

没有人知道我内心藏着这样一个神秘的通道

但这一切却没有瞒过把秋水望穿的赣江

我突然发现命运就像一滴浑浊的泪水

一不留神就被岁月弹到了天际

五

秋天的老屋村，阳光渐渐薄凉

我隔着那片收割后的水稻田

望着像我家屋顶的炊烟一样

慢慢消瘦下去的赣江

开始变得少言寡语

但内心却又充满了莫名的渴望

从那时起，每天的黄昏

我会从坐落在赣江大堤下的河下小学

领着放学的儿子来到赣江岸边

静静地站几分钟。夕阳从落日流了出来

像破碎的番茄流出了鲜红的汁液

多年以后儿子告诉我

我的目光里有一种东西飘忽不定

他至今也没有琢磨出那是什么

六

赣江一如既往地守护着老屋村的鸡鸣狗吠

从老屋村走出去的我的孩子们

已经长得比我还高，我微笑不语

目送着他们渐行渐远的背影

我的胸口悬着一轮曚昽的落日

我转过身，独自站到水坝上

面向赣江开始剧烈的咳嗽

我的父亲已在我身后的那片土地上

长眠不醒，我当仁不让继承了他

没来得及治愈的肺病

这是一份带血的骄傲和自豪

给我的命运注入了浓烈的悲壮

父亲，我心目中独一无二的王啊

我的生命就是一座丰碑，把对你的怀念镌刻

七

相依为命的女人吞咽了生活全部的苦难

生活的牙齿咀嚼了她如花的容颜

她面含微笑和我一起站在赣江的岸边

她深爱着即将不复存在的老屋村

她也和我一样，深爱着赣江的秋风

还有潮讯、落日和一望无际的苍茫

她从一颗鹅卵石的纹路能够看出我的忧伤

她从一只水鸟隐没的方向猜出了我的梦想

她向赣江伸出右手，就能测出我内心的苍凉

当赣江握住了她的左手，我却看见了她满眼的泪光

她张开冰凉的十指为我梳理秋草一样蓬乱的华发

然后，和着泪水给了我一个赣江一样长长的热吻

在黑夜到来之前，只有她知道我已病入膏肓

我突然一阵激动，"哇"的一声喷出了一口鲜红的夕阳

八

所有的苦难都是人生厚重的铺垫

所有的病痛都是对生命的凄美赞扬

我所有的情感都以万脉归宗的信念

把赣江当作唯一的起点，也是不二的终点

我的老屋村已经是风烛残年

她落满灰尘的族谱里面

埋着一个姓氏九百年未曾启封的梦想

我以老屋村民的身份，怀抱一个诗人的爱恨

站定在赣江岸边。我泪眼朦胧

开始把一生的悲欢都交还给这条母亲的河流

我的亲人们正在从老屋村的废墟上向城市撤退

我的小孙子固执地陪伴在我身旁

他悄悄地对我说：爷爷，我听到赣江之上

有一个婴儿好像在哭，又好像在笑

2016 年 3 月 20 日初稿

2016 年 4 月 15 日修改

惟于赣江可尽述（后记）

这是我个人公开出版的第一部诗歌专集，里面收录了70首以赣江为主题的作品，是各自成篇又相互关联的一个大型组诗。每首十四行，是我对赣江的某一段深情的吟唱。诗集很薄，却具有我生命情感的同等厚重。

创作这部诗集，前后历经四年，本来打算写100首再结集出版，因为各种原因使我提前画上了句号，或许还只是一个逗号。因为我对这个主题投入了很深的感情，也牵扯了我太多的悲欢，所以我至今还是"执迷不悟""痴心不改"。一想到赣江我就会心潮澎湃，就会忍不住莫名的泪水盈眶，落日悬空一样辉煌而又寂寥。

我自小在赣江边长大，以自己对赣江的认知为载体，在一个一个的场景和片段中，将个人大半辈子的人生阅历、老屋村九百年来的兴起与消亡和流经老屋村的赣江的清澈与浑浊融汇其中，在深深浅浅的叙事和抒情中展开想象，将个人的情感体验和生命感悟贯穿始终。可以说，这里的每一首诗歌的灵感都来自于一滴水，一粒沙，一只水鸟，一条鱼，一只河蚌，一块卵石，一轮落日，一片浩茫，甚至一块散落在沙滩上的青花瓷片等等这些与赣江有关的元素，同时，这些灵感与诗意又与赣江岸边的老屋村（我的家乡）和一群与我生命息息相关的人和事相互交融，相互砥砺。面对赣江，我时而大彻大悟，时而又执迷于内心的爱恨悲欢；面对人生，我时而沉默如斯，静水流深，时而大江东去，浪淘千古。整部诗集诗意地呈现了我处于各种情感交织中的内心感受和心态，同时也呈现了本人古典意蕴与现代情怀的高度和合，以及对社会变革进程与时代发展的诗意关怀，或曰参与其中的诗人的使命感与担当精神。《赣江物语》的表现手法以抒情为主，以叙事为辅，语言风格趋于豪放与婉约之间，大气、细腻，深沉、悠远，是一部能够充分体现我的诗意追求、语言特色与创作风格的作品。

世界上有千万条河流，没有一条可以轻易取代我情感的赣江；生活中有无数种爱，没有一种爱可以取代我的生命之爱。在几十年的诗歌创作中，我涉猎过很多主题，但没有一个主题能像赣江一样承载得起我五十年的情和爱、悲与欢，也没有一个主题能像赣江一样包容我的深刻与浅薄，更没有一个主题能像赣江一样纵容我的放任和隐忍。我是在赣江边长大的孩子，她已经养育了我五十多年，我只能以这部诗集为礼物献给她的大爱无私！我也只能以这部诗集为礼物献给我地下的父亲母亲，他们是我生命里的另一条赣江，他们流向了天边，却将我留在原地百转千回！我也只能以这部诗集为礼物献给我的亲人和爱人，没有你们的爱我走不到今天！我也只能以这部诗集为

礼物献给我人生路上的各位老师和朋友，因为有了你们的关
心、扶持和温暖使我走到了今天！我还要用这部诗集为礼物献
给我的老屋村，这是坐落在赣江中下游沿岸的一座小村庄，上
千年望穿秋水的故乡，终于在城市扩张的时代望见了自己的末
日。我含着泪水把老屋村写进了自己的诗歌，我不希望老屋村
在我的诗集里安息，我希望老屋村在我的诗意里永存，就像赣
江在大地之上源远流长，就像爱在我的生命里潮落潮涨……

积攒多年的情感，惟于赣江可尽述！

《赣江物语》这部诗集的顺利出版，得到了南昌县文联、
作家协会等大力支持和社会各界人士的真诚关注，由此深化了
我对文学艺术的无限感怀；与此同时，我的好友、著名评论家
刘晓彬先生在百忙之中抽空为这部诗集作序，众所周知，刘晓
彬先生对江西诗歌艺术界做出的努力令人钦佩，他是我艺术情
怀里最富有诗意的一个词语，或者一个标点，时不时地给我以
温暖和感动。诗集出版之前，旅居加拿大的华裔作家郑南川先
生，南京著名诗人屏子女士、宜春的童心女士都用心对我的
《赣江物语》进行过文字的梳理与阐释，朋友们的文章字字珠
玑，点点琅玕，乃我人生至宝也，必将置于枕畔，晨昏捧读。
所谓：山不在高，水不在深，文以载道，德以化人，生而至
此，能得师友度化，夫复何求？！

以文常会友，唯德自称邻。我与为本诗集题写书名的著名
诗人、书法家徐剑星先生乃多年至交，尽管他公务繁忙，但生
活中的我们一有空闲就会坐在一起品茶谈艺，感悟人生。此时

此刻，惟见字如晤，方显情怀之美矣！

作者于半壁书斋

2018 年 9 月 10 日